EL DRAGÓN SIMÓN

NO PUEDE DORMIR

edebé

Título original: *El drac Simó no pot dormir*

© del texto y la ilustración: Mercè Arànega, 2012
Directora de Publicaciones Generales: Reina Duarte
Edición y traducción: Elena Valencia
Diseño: BOOK & LOOK

© Ed. Cast.: EDEBÉ, 2012
Paseo de San Juan Bosco, 62
08017 Barcelona
www.edebe.com

1.ª edición, septiembre 2012

ISBN: 978-84-683-0729-9
Depósito legal: B. 8622-2012
Impreso en España - Printed in Spain

EL DRAGÓN SIMÓN

NO PUEDE DORMIR

Mercè Aránega

edebé

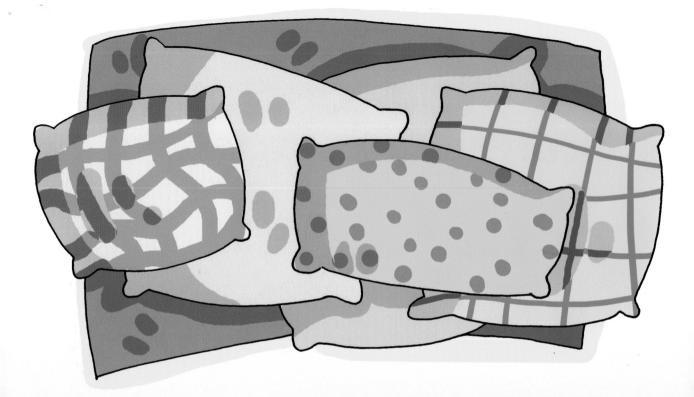

Hace un rato que el dragón **Simón** ha terminado de cenar.
Sentado sobre unos cojines le entra sueño. Su abuela le mira
y le dice:

—A dormir, **Simón**, que mañana tienes que levantarte
temprano para ir de excursión.

El dragón **Simón** le da un beso a su abuela y le pregunta:

—¿Me acompañas a la cama, abuela?

—Claro —le responde su abuela dándole un abrazo—.
Te taparé con la manta hasta la nariz.

Pero, cuando el dragón **Simón** está en la cama, le entran ganas de jugar.

Agarra su osito de peluche y le da vueltas, después coge un cuento y lo lee mientras mira las ilustraciones.

Pasa el tiempo y la abuela le dice:

—**Simón**, apaga la vela y duérmete, que si no mañana tendrás mucho sueño y no podrás ir de excursión.

El dragón **Simón** sopla la vela y cierra los ojos. Se quiere dormir, pero… se ha desvelado.

A oscuras, juega con el osito, esperando que le venga el sueño, pero tiene los ojos bien abiertos, grandes como platos.

«Cuando era más pequeño, mi padre me cantaba canciones y me dormía en seguida…», piensa el dragón **Simón**.

Ahora el dragón **Simón** canta las canciones que le cantaba su padre, para ver si consigue conciliar el sueño.

Las canta muy muy flojito para no despertar a su abuela.

Abrazado al osito, canta durante bastante rato hasta que se cansa, pero no consigue dormirse.

Está todo en silencio, hace rato que la abuela duerme.

También todo está muy oscuro, y al dragón **Simón** no le gusta nada estar a oscuras.

El dragón **Simón** se levanta y camina de puntillas para no hacer ruido.

Va hacia la ventana y descorre la cortina. Es noche de luna llena y entra mucha luz.

Simón se echa en la cama, a esperar que el sueño aparezca, pero ve una pequeña sombra que se mueve en la pared.

Esto no le gusta nada y esconde la cabeza bajo la almohada.

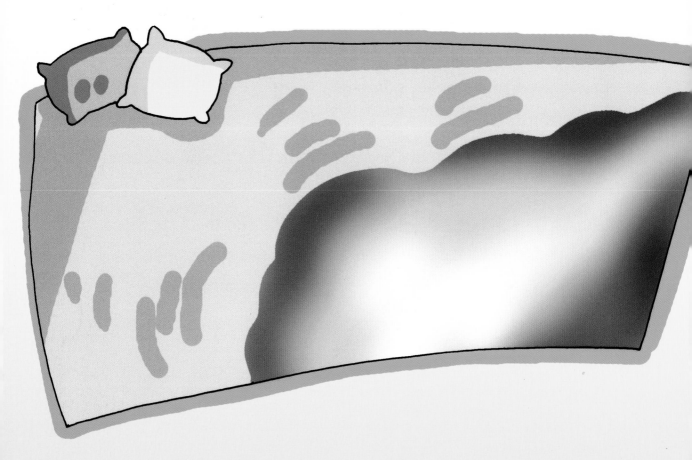

Después de un rato, el dragón **Simón** saca la cabeza de debajo de la almohada y vuelve a mirar la pared para comprobar si todavía está la pequeña sombra que se mueve.

Ve que sí, que aún está y que es más grande que antes.

El dragón **Simón** tiene mucho miedo. Temblando vuelve a taparse la cabeza, se envuelve con la manta y se abraza muy fuerte al osito de peluche.

—¡Abueliiitaaaa, abueliiitaaaa, tengo miedo! —grita Simón con un hilito de voz.

Pero la abuela no responde, está muy dormida.

El dragón Simón vuelve a llamar a su abuela, aunque tiene tanto miedo que la voz prácticamente no le sale.

Mira la pared y la sombra, ahora, es muy grande y vuelve a moverse.

«¡Hay un monstruo!», piensa Simón.

Simón salta de la cama y se va corriendo a buscar a su abuela.

La abuela, medio dormida, pregunta:

—¿Qué te pasa, **Simón**? ¿Por qué no estás durmiendo?

—¡Hay un monstruo en mi habitación!

La abuela se levanta poco a poco de la cama y enciende la vela.

—Dame la mano, **Simón**. Vamos a la habitación a ver dónde está ese monstruo —le ordena su abuela.

Simón señala la pared a la abuela.

—¡Aquí está el monstruo! —exclama—. Es una mancha oscura que primero era pequeña y después muy grande y, además, se mueve.

La abuela mira la pared y acerca la vela.

No ve ningún monstruo, ni ninguna mancha: ni pequeña ni grande…

—Quédate conmigo, abuela —le pide **Simón**.

Simón se mete en la cama, la abuela se sienta a su lado y apaga la vela.

—Me quedo contigo un ratito —dice la abuela.

Tapa al dragón con la manta y le hace caricias para que se tranquilice.

El dragón **Simón** mira la pared atentamente y, al cabo de un momento…, aparece otra sombra. Esta vez no es el monstruo, es una pelota gigante.

Simón coge muy fuerte la mano de su abuela y grita:

—¡Abuela, mira la pared! ¡El monstruo ha vuelto! ¡Ahora tiene forma de pelota!

La abuela enciende la vela y la sombra desaparece.

—¿Dónde está? —pregunta la abuela con voz de sueño.

—¡Es mágica! Ahora ya no está, pero hace un momento la he visto. Cuando enciendes la vela, desaparece —explica **Simón**.

La abuela se acerca a la ventana, observa el cielo y ve que una nube redonda como una pelota tapa un trozo de luna.

La abuela sonríe, mira al dragón **Simón**, mira la pared, mira la luna y dice:

—Tranquilízate, **Simón**. Te explicaré por qué ves estas sombras que a veces parecen un monstruo y otras una pelota…

La abuela apaga la vela.

El dragón **Simón**, dentro de la cama, tiene los ojos aún más abiertos que antes.

—Mira qué voy a hacer, **Simón** —dice la abuela—. Con mis manos y la luz de la luna que entra por la ventana, haré que en la pared aparezca la sombra de un pájaro.

La abuela pone las manos entre la luz de la luna y la pared y…

—¡Hay un pájaro en la pared y se mueve! —exclama Simón muy contento.

—Ya ves cómo lo he hecho —le dice su abuela—. El monstruo y la pelota que has visto eran dos nubes que pasaban por delante de la luna. Las dos nubes proyectaban sus sombras y, por eso, se veían en la pared, y como las nubes se mueven, pues las sombras cambiaban de forma.

—Simón, ¿te has fijado en cómo hacía las sombras con las manos? —pregunta la abuela—. ¿Quieres probar y hacerlo tú?

Pero el dragón Simón ya no responde… Se ha quedado dormido escuchando la explicación de la abuela.

Abrazado al osito y al cuento, el dragón Simón duerme plácidamente toda la noche.

Simón, en cuanto se ha despertado
por la mañana, os ha dejado un mensaje
para todos vosotros:

SI NO PODÉIS DORMIR,

PORQUE OS IMAGINÁIS

QUE HAY MONSTRUOS,

ESTAD TRANQUILOS,

QUE NO LOS HAY.

Guía para los padres

1. Al acabar la lectura, se puede profundizar
más sobre las siguientes cuestiones:

• Importancia de dormir las horas necesarias

• El miedo a la oscuridad

• La imaginación

• Explicar para tranquilizar

2. Además podéis responder a estas preguntas:

• ¿Qué le pasa al dragón Simón cuando se mete en la cama?

• Cuando el dragón Simón era pequeño, ¿qué hacía su padre
para que se durmiera?

• ¿Qué hace el dragón Simón cuando está a oscuras?

• ¿Qué se imagina el dragón Simón cuando ve una sombra
muy grande en la pared?

• ¿Qué hace la abuela para tranquilizar al dragón Simón?

• ¿Has vivido alguna vez una situación parecida?

Actividades

- Escribe una canción que te guste
para ir a dormir, también la puedes cantar.

- Dibuja un rebaño de ovejas y cuéntalas en voz alta.

- Haz sombras poniendo las manos
entre la luz y la pared.

- Dibuja el monstruo que se imagina que ve
el dragón Simón.